Las ilustraciones de este libro fueron realizadas con collage y digitalmente.

Se ha solicitado su Catalogación por la Biblioteca del Congreso de los Estados Unidos.

ISBN 978-1-4197-5858-4

© del texto y las ilustraciones: Blanca Gómez, 2022
Diseño del libro: Hana Anouk Nakamura

Publicado en 2022 por Abrams Books for Young Readers, una división de ABRAMS. Todos los derechos reservados. Ninguna parte de este libro puede ser reproducida, almacenada o transmitida en cualquier forma o por cualquier medio mecánico, electrónico, fotocopia, grabación y otros, sin permiso escrito del editor.

Impreso y encuadernado en China
10 9 8 7 6 5 4 3 2

Las publicaciones de Abrams Books for Young Readers están disponibles con descuentos especiales para clientes premium y durante promociones, así como para recaudar fondos para causas sociales o para su uso educativo. También se pueden crear ediciones especiales bajo demanda. Para más detalles, póngase en contacto con specialsales@abramsbooks.com o escriba a la dirección que figura a continuación.

Abrams® es una marca registrada de Harry N. Abrams, Inc.

**ABRAMS** The Art of Books
195 Broadway, New York, NY 10007
abramsbooks.com

*A todos aquellos que saben lo que se siente*

# Día de disfraces

## Blanca Gómez

Abrams Books for Young Readers

Nueva York

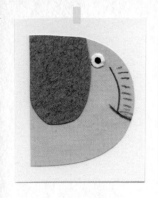  

Iba a haber una gran fiesta de disfraces en el cole.

Mamá me hizo un disfraz de conejita fantástico. Y yo la ayudé.

Estaba deseando enseñárselo a todos.

Pero el día de la fiesta me desperté enferma.

Así que tuve que quedarme en casa.

¡No me lo podía creer!

A la mañana siguiente me sentía mejor,
pero seguía muy triste por haberme
perdido la fiesta.

Fue entonces cuando mamá tuvo
una idea genial.

—¿Por qué no vas disfrazada al
colegio *hoy*?

¡Pues sí que era una idea genial!

Me vestí a toda prisa.

¡Era hora de
ir al cole!

¡Tenía tantas ganas de llegar!

Hasta que . . .

A lo mejor no había sido una idea tan genial.

Pero entonces llegó Hugo.

También había estado enfermo el día anterior.

Y apareció disfrazado de zanahoria.

¡En serio!

Cuando me vio, vino corriendo hacia mí:

—No estés triste, conejita ¡Aquí está tu zanahoria!

Al instante, estábamos los dos brincando por todo el patio.

—¡Ñam ñam! —lo perseguía yo.

—¡No me comas! ¡No me comas! —gritaba él.

Entonces pasó algo . . .

—¿Puedo jugar?

—¿Y yo?

—¿Y nosotros?

¡Pues claro que podían!

Sonó el timbre para ir a clase.

A la hora de la salida, Hugo ya era mi mejor amigo.

Y no van a creer lo que ocurrió al día siguiente . . .

¡Pues al final sí que resultó ser una idea genial!